KB126464

밤의 영향권

김석영
1981년 서울에서 태어났다.
2015년 『시와 반시』를 통해 시인으로 등단했다.
시집 『밤의 영향권』을 썼다.

파란시선 0090 밤의 영향권

1판 1쇄 펴낸날 2021년 10월 20일
지은이 김석영
디자인 최선영
인쇄인 (주)두경 정지오
펴낸이 채상우
펴낸곳 (주)함께하는출판그룹파란
등록번호 제2015-000068호
등록일자 2015년 9월 15일
주소 (10387) 경기도 고양시 일산서구 중앙로 1455 대우시티프라자 B1 202호
전화 031-919-4288
팩스 031-919-4287
모바일팩스 0504-441-3439
이메일 bookparan2015@hanmail.net

ⓒ 김석영, 2021, printed in Seoul, Korea

ISBN 979-11-91897-08-1 03810

값 10,000원

밤의 영향권

김석영 시집

시인의 말

한꺼번에 날아오르는 순간 알게 되는 바닥이 있다.

차례

시인의 말

제1부
구멍 - 11
상자 - 12
창백 - 14
아카이브 - 16
타일 - 18
어떤 대화 - 20
선의 방향 - 22
돌 - 24
영향권 - 26

제2부
스크래치 - 31
다시 말을 걸고 싶어서 - 32
형태맹 - 34
빛과 물질 - 36
셔틀콕 - 38
시멘트 - 40
토르소 - 42
사물의 입장 - 44
전조 - 46
나는 왜 기차에 의문을 품는가 - 48
붉고 무거운 벽돌 - 50
도구와 폭식 - 52

결점과(缺點果) - 53

물의 뼈 - 54

플레이콘 - 56

제3부

커브 - 61

중립 - 62

채플 시간 - 64

밤이 우리를 밟고 지나가도록 - 66

토르소 - 68

파수꾼 - 70

수집가 - 72

모두를 위한 비가 아니듯 - 74

모르는 얼굴 - 76

우산을 펼치려다 말고 - 78

싱크홀 - 80

화병 - 81

거짓말보다 빛났던 - 82

제4부

아스피린 - 87

주머니 - 88

나를 대신해 글을 쓰는 사람은 누구에게 쓰나? - 90

긴 - 92

드라이플라워 - 94

바닥이 있다는 걸 - 96

빵 없이 버티는 오후 두 시 - 98
양말 속에서 모두가 편안한 밤 - 100
지붕 버리기 - 102
더 환한 밤이 우리에게 - 104

해설

우다영 우리가 우리일 때 우리 아닌 것은 어디에 - 106

제1부

구멍

석고 형상 속 웅크린 어깨선이 있다

아스팔트 위 나무, 배웅이 있는 골목, 버려진 기차표
우리가 머무른 듯 연결되어 있는

몸의 테두리,
우리 모두 같이 낯익다

미로가 우리를 헤맨다

밥을 먹다가 밥알을 젓가락으로 센다 그날의 점괘를
보는

내 목구멍은 좁고 가느다랗고
자주 음식에 꽉 막히지만

꾸역꾸역 쌓이는 것들이 식도를 타고 올라오지만

언제나 나는 입안에 돌을 숨긴다

상자

개는 입을 크게 벌린다

목구멍이 비어 있다

서로 다른 물결의 높낮이를 본다
온몸이 부딪쳐
잠긴 줄도 모르고
잠기는 꿈

거기에도 개가 있다

주먹을 동그랗게 말면
잠과 함께 찾아오는 호의

이상하다
상자를 바라보며 그 속으로 들어가는 일은
상자가 상자를 만지는 것은

인으로만 접히는 손가락처럼
점선을 따라

접히며 쌓여 가는 상자들

노크는 필요하다 저편으로 건너가기 전에

몸의 빈 곳,
아직 도착하지 않은 것들만

상자 속으로 스며든다

앞으로 걸어가는 동안 개는 점만큼 작아졌고
더 이상 나를 생각하지 않게 되었다

창백

―

놓을 수도 잡을 수도 없는 그것을 문질러 본다

뭉개진 채로 앞에 있다
어질러진 채로 옆에

나무가 자라는 것처럼

뒤에 있다

안경을 벗은 사물은 가깝게 보인다

뭉쳐 있는 것들이
앞에 있는 사람의 표정도 놓치게 하는데

그를 호위하며 떠다니는
먼지들

어딘가 비리면서 저리기도 한

― 흐릿한 자세를

그는 가만히 문질러 본다

그가 손잡이를 돌렸을 때
제자리로 돌아오는 것

아키타이프

—

사랑에 빠지는 일과 물에 빠지는 일은 섬뜩해서 비슷
하다

심해는 나에게서 어두운 것을 가져가고
나는 바다의 주인을 떠올린다

물의 표면에는 흔들리는 벽
냄새는 숨길 수 없다

말랑말랑한 눈동자를 벽처럼 들여다본다 축축하고 비
린 구원 속으로

양손을 모은다

물에도 무릎이 있다면
물에도 주인이 있다면

여린 살이 더 여린 비늘을 덮는다

— 바닥에 등을 대고 누우면

빛 한 점 없는 물의 세계

조금은 강해진 기분이 든다

나는 무릎을 꿇고
냄새의 근원을 향해

물 위에 비친 버드나무 가지를 올려다본다

흔들린다

타일

창문이 많은 사람이 되고 싶다
빛은 어둡게 만든다
차갑고 딱딱한 것으로

썩어 가는 뿌리처럼
아무도 모르게

발자국들이 죽어 간다

색이 없는 체온계
불투명한 하늘
공원에서 같은 방향으로
회전하는 사람들

땅 밑이 한 덩어리로 느리게 움직인다

흐린 거울은 정직하고
습관이란 말은 기이하고

열리지 않으려고

꽉 붙잡고 있는 것들로부터

어떤 대화

우리는 서로 확대하거나 축소하지

가령 안경 같은 것
깨지기 쉬운 질문을 식탁 위에 올려놓고 음미하는

렌즈에 떠오르다 사라지는 풍경을
무엇으로도 잡을 수 없는 순간을

흐릿해져서

우리는 회색에 가깝다
표정 없는 얼굴이 점점 거대해질 때

안경을 써야만 비로소 근사해 보이는
없는 표정들

우리는 확대하거나 축소해서 디테일해진다

가령 투명 같은 것
깨지지 않는 질문을 던지면서 서로를 궁금해하지

검은 뿔테의 부러진 잔해들 위로
회색 구름이 몰려온다

모든 게 제로가 될 때까지

우리에겐 우리 이외의 것이 필요하고
시선에는 색 이외의 색이 필요하니까

선의 방향

— 세 번째 서랍은 늘 헐거웠다

너는 모든 서류에 서명하지 않았고
나에게만 주어진 공백은 영($\vec{零}$)

잘 벼려진 나이프처럼
어떤 속임수는
얌전히 입속에 들어 있다

송곳니가 있었던 자리에서 빛이 자랄 때
혀에 올리면 느껴지는 날카로운 맛

우리는 늘어나지 않기로 약속했다

비는 이 세상에서 가장 긴 직선

한 뼘이나 모자란 키를
누군가가 더 많이 잘라 버렸다

— 너는 나를 가져오지 않고 살아 있었지

웅덩이는 둥근 천장을 가지고 있다

이제부터 얼굴에 고일 차례

너도 나만큼 빨리 걷는다

● 둥근 천장: 토마스 트란스트뢰메르.

돌

잃기 위해 무언가를 손에 쥐는 건
사람밖에 없다

포물선을 그리며 돌이 떨어진다

나는 대립이라는 말을 좋아한다
흰옷과 두부와 유리컵을 좋아한다

삐죽한 돌 깨지기 쉬운 돌 더러운 돌이
떨어진다

주머니를 뒤집었을 때
거기 있어야 할 것이 없을 때

점을 만지고 점 안에 갇히듯

둥근 것들은 금방이라도 비가 올 것 같은 표정을 하고
있다

제 손으로 땅을 파고

제 발로 들어가는

충만한 돌

영향권

부풀어 오르는 커튼을 보고 있다

불행을 잃어버린 세계처럼 환하게 앓고 있는

바람은 흩어지고 부서져
그 연약한 것에 제 몸을 기댄다

집 전체를 위태롭게 만든다

새들은 차례대로 웃는다
서로 다른 시차로 조금씩 어긋난다

한 면을 떼어 버린
구처럼

드러나면 초라하지만
말 없는 포로와 한 몸이 되어 간다

커튼이 줄어드는 동안
바람이 점점 커지고

나에게 닿지 않고도 나를 밀어낸다

몸 안팎을 들락거리는 무게

계속해서 굴러가려고
나는 그 무게에 휩쓸린다

제2부

스크래치

우리는 오차를 줄이기 위해 태어난다

거인은 수줍음이 많은 자이거나
공포를 알고 있는 사람

저녁 아홉 시
자신의 그림자에 포위당하고
그림자마저 어둠 속에 사라질 때

최초의 결합과 모호한 분리를
최초의 분리와 모호한 결합을
구분할 수 있는 자

어둠의 가장자리에서 중심으로 진입할 때

그는 편안함을 느꼈다

다시 말을 걸고 싶어서

유리병은 그와 그 사이에 있었다

눈을 마주치는 순간은 몇 차례 있었으나
순간은 순간이었을 뿐

그에게는 자신을 부를 만한 집이 필요했으므로
그에게 돌아가지 말라고 당부했다

흰 고양이 한 마리가 유리병에 몸을 비비다 지나간다

눈에는 비밀 따위는 없었다 소복이 쌓이는 동안에도 바
스러진 유리 알갱이들이 원목 바닥에 흩어졌다 몇 개의 탑
만 어두워졌다 낡은 책의 말린 페이지마다 누리끼리한 오
후가 숨어 있었다

계단이 많을수록 더 부유한 집이 되는 거라고

조금씩
소금씩
바지 아래로 새어 나가는 먹물들

그와 그는 끝내 자신의 뼈를 갖지 못했다 둘 다 지하로
내려갔다 바싹 마른 입술과 건조해진 공기 돌아오지 않는
침묵을 되풀이하려는 것처럼 무의미했으나 간절했다 둘
다 소용없는 일이라는 걸 알았을 때

늦었다, 빈 화장실에서
털을 빗는 소리가 들려오고 있었다

형태맹

물을 마시면 몸속에도 우기가 찾아든다

빗줄기가 갈빗대를 지나 허파에 닿기까지

몸 바깥에서
비가 왕창 쏟아지는 날에는
어딘가 가려워서 자꾸 기침이 난다

많은 숨을 참고 있을 기도의 자세는
한꺼번에 쏟아지는 폭우를 피할 것

사람이 아닌 것들만 우산 없이도 움직인다

나무라든가 고양이라든가
혹은 빈집과 짧은 여름,
기나긴 밤의 미로

우산처럼 펼쳤다가 접을 수 있는 지붕을
가방 속에 감추고 있다 해도

언제까지 비는 하나의 자세로 떨어질 것이다

우산을 펼치려는 마음으로
낙하하는 순간

모든 것들은 한 움큼 국자 속에서 찰랑일 뿐

여름의 뿌리는 머리부터 자란다

빛과 물질

바다는 홀로 빛난다
물결이 바다를 떠 있게 한다

빛이 가루처럼 부서지는
아이들의 웃음소리만 공중에서 반짝인다

뜨거운 모래 위 돌처럼 엎드려 있는 몸
태초의 자세를 뒤엎듯

파도가 밀려올 때마다 조금씩 뒤로 밀려나는 빛

바다의 어두운 색깔이 모래 속으로 스며든다

모래와 물은 긴밀히 만난다
원래 하나였다는 듯

해변을 따라 걸어가는 연인들의
발밑으로
아무것도 되지 못한 미로기
수천 개로 갈라진다

36

사라지는 발자국처럼
무언가를 잃어버리기 위해
물가에 서 있다

바다가 바닥을 데리고 간다

●빛과 물질: 앤드루 포터, 「빛과 물질에 관한 이론」에서 변용.

셔틀콕

—

우리는 같은 장으로 이루어졌다
아무 곳이나 펼쳐도 똑같은 색깔이 흘러내렸다
너는 적색이어서 아름답구나

책으로 만들어진 미로 속에서 서로 알아보려고 제목을
읽는 우리
이름 대신 언어의 품삯을 갚아야 했다

붉은 태양 아래에서도 나는 붉어지지 않는다

너는 서늘한 유리창을 두드렸다
나를 제외한 모든 것은
나에게 흡수되고 남았다

내가 너의 눈 안에 떠 있었을 때
저무는 태양 때문에 빛 속으로 숨는 책들이 보였다

같은 책은 두 권 이상 필요 없다고
우리는 같은 장으로 이루어져서 팔이 잘리고 혈관이 끊
어지는지도 모르고

—

사람들이 아우성칠 때

푸른 신호가 켜졌고

나는 횡단보도 앞에 서 있었다

시멘트

얼음 소리치고 굳은 아이들 위로 검은 구름이 지나간다

어렸을 적 즐겨 하던 놀이는 끝말잇기, 발음하고 싶은 첫 번째 아이가 어머니를 부르고 두 번째 아이가 빗물을 가져왔다

아직까지 술래는 필요 없어요 냇가에서 물고기를 잡고 놀아요
물은 이미 말라 버렸는데
세 번째 아이가 투명해졌다

두 손으로 물고기를 만지게 된다면 비릿한 기분이겠지
네 번째 아이가 내 손에 침을 묻혔다

왜 그랬어
왜 그랬어
물속은 차가운데

아이들이 둥그렇게 모여 손가락질을 했다 다섯 번째 아이는 집으로 가 버렸다 물고기는 시시해 아이들이 고개

를 끄덕거렸다

　물고기가 물속에 있었다

　물 밖은 물빛으로 흐려지는데

토르소

밤마다 방에서 모서리가 자라난다 모서리를 먹으며 당신의 뒤통수는 불룩 튀어나온다 나는 망치로 당신의 모서리를 두드린다 집 안에는 둥근 기둥들이 늘어 간다

어디든 모서리는 많고 당신은 모서리를 아무렇지 않게 먹는다 당신의 모서리는 뾰족하고 접히는 성질이 있다 우리는 모서리를 기른다 직각으로 꺾이는 자세가 마음에 든다

당신은 텔레비전 속에서 사람이 살지 않는 섬을 본 적 있다 바다에 박혀 있던 검은 섬은 침몰하기 직전의 배 같았다 어둠 속에서도 선체의 모서리는 밝게 빛났다 푸른 불빛이 쏟아지는 방 안이

조금씩 기울었다 의자의 나사가 헐거워질수록 한쪽 다리를 꼬고 앉는 자세가 늘어 간다 베개를 끌어안고 나는 기나긴 잠 속으로 들어간다 잠의 깊고 부드러운 이빨에 물리면 돌아오는 길을 잃는다고 당신은 말했다

형광등이 깜빡거린다 표류하던 폐선이 해변으로 밀려

온 것처럼 방이 또 한 번 출렁거린다 망치를 들고 있는 당
신이 보인다 모서리를 두드린다

가라앉는 내가 있었고 떠오르는 내가 있다

사물의 입장

잠시 문밖에 서 있는 풍선
안으로 들어와
이곳은 우리로 가득해
당기지 말고 밀어내
그게 우리의 문이야
하나둘씩 늘어나는 가벼움
그게 우리의 룰이야,
휘파람이야
천장에는 풍선들이 늘어 가
속삭이는 말들이 떠오를 때마다
입 밖으로 침이 떨어지지
우리 소실점에서 만날까
끊임없이 올라가는 계단 옆에서
빈칸을 채워 넣으며
기차가 될까
선로를 테이블 위에 올려놓고
부드러운 소용돌이를
다 같이 목이 긴 얼굴로
한 발 자전거의 행진을
서로의 손에 열렬히 키스하는 순간을

동시에 터져 버리는 폭죽을

문을 열고

사람을 손에 쥐고

입장하는 저 풍선들

전조

탁자 위 컵이 쓰러졌다, 쓰러진 순간부터 물의 시간을
세고 있었다
휴지처럼 물드는 시간

나는 침대에 누운 채로
젖어서 천장까지 닿고 싶다

높이를 잃어버린 천장과 바닥을 잃어버린 컵 사이를 생
각하다가

저녁이 왔다

쏟아지는 비를 안으며 어항이 됐다
내가 물고기가 되면서
컵을 쓰러뜨렸다

투명한 점선을 따라 천장을 접으면 사라지는 방

비와 물고기를 번갈아 떠올리다가
비는 점, 물고기는 선이라고 생각하다가

온몸이 눅눅해졌고

한쪽 벽에 부딪혔다 돌아오지 않고 선이 휜다

내가 가진 숫자를 다 세어도 물은 여전히 사라지지 않을 것처럼 바닥에 누워 있다

젖었다 마른 종이처럼 얼굴이 당겨 온다
벽지 속에서 메아리가 부풀어 오르고

구겨진 하늘을 바라보는 물고기의 기억

나는 왜 기차에 의문을 품는가

기차에 매달려 흔들리는 잠 몇 방울

나는 왜 기차에 의문을 품는가

역방향으로 달리는 창문과 구름이 있어서
우리는 지루함을 견뎠지

쏟아질 폭우가 무섭지 않았다

먹구름이 창가에 비친다
우리는 쪼개질 수 없는데

멈추어 선 자리에서 흘러내리는
황량한 숲

폭우가 쏟아지자 우리는 서서히 갈라진다
아직 채 검어지지 않는 하늘

창문의 투명을 물들이는데

승객들은 차례대로 기차에서 뛰어내린다

발밑이 흔들리는 숲의 고요
숲과 숲이 걷고 있다

붉고 무거운 벽돌

하늘이 조각 케이크처럼 흘러내린다
받침이 없어 미래가 가라앉는다

타로 카드를 한 장씩 뒤집으며 겨울이 온다

우리는 손을 잡고 있었는데 어느 순간부터 무게가 느
껴지지 않는다

주머니에서 털실이 한가득 쏟아진다
너덜해지는 것이 두려워 우리는 붉은 벽돌 한 장을 집
는다

벽돌은 붉고 무겁고 깊다

우리는 미래를 동전처럼 뒤집으며 확률이 반반인 죽음
위를 걸어간다

달콤하게 부드럽게 투명한 손들이 새 떼처럼 드나들고
우리의 속살을 물어뜯고 날아긴다

누가 먼저 빈 접시 위에 포크를 내려놓나

붉고 무거운 벽돌

도구와 폭식

천장이 없는 집에서 사랑을 나누었다 하늘이 낮았다 우리는 벽돌을 쌓았고 끝내 그것이 구름에 닿았다

그럴 수 있을 것 같았다 집을 버린다고 선언하면 집은 언제나 미로가 되고
벽돌이 되었다 질문 속에 들어가 언 몸을 녹이면 우리는 낮잠 속에서 달콤한 꿈을 꾸었다

남들에게 중요한 단어가 나에게 없고 너에게 줄 수 없는 단어가 나에게 있다 꿈에서 나무가 자라나 칼을 꺼냈다 허공의 칼집에 정확히 들어갈 수 있을 것이다

우리가 눈을 떴을 때 처음 본 세상처럼 아무것도 기억나지 않았다 묻지 않았다 태어날 때부터 깜빡한 것들은 어디로 갔는지

결점과(缺點果)

연착된 기차들을
처음부터 다시 헤아리는 한낮

나는 아주 긴 테이블에서 출발하는 작은 기차를 가지
고 있었다

여름에 마주 잡은 손안에서
어떤 성장은 멈추었다가 다시 자라난다

가령 화병의 목에 동그라미를 걸었을 때

물이 말라 버린 꽃의 뿌리를 기다림이라고 불러도 좋다

한 그루의 나무에서 떨어지는 것들은
모두 길을 잃었는데

늦을수록 무거운 회전임을
기차들은 알고 있다

물의 뼈

비가 가지런한 두 팔로 물구나무서기를 하며 뛰어내
린다

어둠의 안쪽을 긁어내는 소리가 난다

동그라미가 동그라미를 깨뜨리며

빗물은 귓바퀴를 타고 흘러내리는 혀

비의 군락이 모여 숲을 이룬다

침엽의 뿌리가 굵어질 때 나의 바깥이 젖는다

내 안의 비늘들이 수면 위로 일렁인다

나는 비에게 기생하고 싶은 돌기

구멍 난 몸에서 소용돌이치는 비명

젖은 새들이 몸을 웅크리며 떨다

뼈와 뼈가 닿아 달그락거리며 퍼져 나가는 파문

비에서, 늘 익사의 냄새가 난다

플레이콘

어떤 것은 나를 통과하고 빠져나갔다

불이 너무 뜨거워서 손에 닿지 않았다

텅 빈 종이였다

자그맣고 커다란, 무늬 없는 공백의 도형들

나는 입을 벌렸다

새들이 모이를 떨어뜨렸다

가장 날카로운 부리로 물고 가는 검정

숲속이 깨진 유리 조각들로 환했다

맨발이라서 밟을 수 있는 투명을 반겼다

니 혼자 걷다가 신발을 잃어버리고서야

고개를 들고 환해진 시야

뛰어가던 친구들은 보이지 않았다

구름이 몰려오고 있었다

제3부

커브

비 오는 날이면 악취가 난다
고개를 돌려 보면 아무도 없는데

체위마다 풍기는 냄새가 있다

자꾸 주위를 어슬렁거리는 무언가
내 코를 집요하게 물고 놓지 않는다

냄새는 점점 형태를 갖춰 가고

덩어리로 뭉쳐진 감정이 낮게 떠다닌다
소화되지 못한 것들

낮에 먹은 음식이 부패되고 있다

기어코 엎질러져서 코끝을 찌르는

우산의 안쪽에서
뾰족한 무기를 생각한 적이 있다

중립

빗길에 넘어져 발가락에 금이 갔다

버스를 타고 가는데 온통 수족관이 된 풍경

빽빽한 건물들이 출렁거리고
골목마다 같은 그림자들이 휘어 있었다
우산 밑으로 신발들이 발목만 내놓고 걸어 다녔다

차가운 기후가 몸에 스며들면서
체온은 나에게서 조금씩 멀어져 갔다

차창에 서린 흐리고 어슴푸레한 유령 같은 난시(亂視)의
도시
단 한 방울도 내 면적에 들어온 적 없었다

다시 가물 때까지 나는 걷지 않으려고

발가락을 내려다보았다
금 간 뼈를 감춘 몸이 낯설었다

버스에 물이 차오르기 시작한다

채플 시간

엄마는 의자에서 나를 낳았다

나는 태어나면서부터 앉을 줄 알았다

누가 앉아 있으면 부러워서 눈이 갔다
그때마다 엄마에게 혼났지만
몰래 훔쳐보는 것을 멈출 순 없었다

훔쳐보는 게 훔치는 건 아니니까

의자가 갖고 싶어서 의자를 그렸다
단 한 번으로 완전한 암기란 불가능했다

의자를 힐끔거렸지만
그림 속의 의자와는 많이 달랐다

나는 의자에 앉은 유일한 사람

엄마를 그려 넣은 의자에서 민족스러웠다
더는 훔쳐볼 필요도 훔칠 필요도 없는 기분

64

의자에 앉으면 다시는 의자를 볼 수 없었다

사람들은 나를 빙 둘러싸고
한 사람씩 내 위에 앉았다가 떠나갔다

앉은 채 죽어 가는 법을 배우는 중이었다

밤이 우리를 밟고 지나가도록

—

계단을 오르면 계단, 계단
머릿속이 울린다

동물원에서 새의 눈을 바라본 적 있는데
전염될까 두려웠다

비어 있는 허공의 목덜미를 어루만진다

그 사이에 내가 끼어 있다

계단 끝엔 우르르 몰려가는
새의 머리들

새들을 밟으며 걸어갔던 발자국들은
다 사라지고 없다

어디까지 도착할까 궁금하지 않았다
운동 제1법칙과 동물원 그리고

—

내가 가장 마주하기 싫은 얼굴은 새를 닮았다

66

무거워진 나와
지구로 불시착한 것들

계단, 계단

갑자기 겨울의 표정이 어두워졌다

토르소

—

원형 테이블에 여러 개의 팔다리가 묶여 있다

동공 속에서 촛농 같은 빛이 떨어지고
탁자 위로 마른 날개가 수북하다

ㄱ은 ㄴ의 정부다
ㄴ은 ㄷ의 아내다
ㄹ은 배우다
나는 관객이다

그는 그녀와 입맞춘다
그는 정부의 입을 통해 그녀를 본다
그녀는 그의 삭발이 마음에 든다
그녀는 나의 생각 속에 있다

테이블 밑으로

나는 그녀와 공모한다
나는 더 이상 관객이 아니다

—

암전

모두 제자리에 있는데
서로가 보이지 않았다

선반에서 그릇들이 한꺼번에 쏟아진다

파수꾼

오른쪽으로 고개를 돌리다가 담이 생겼다

뒤를 볼 때마다 담장이 높아졌다
등에 담이 있다는 건 어떤 기분이야?
담이 생기고 자꾸만 뒤를 돌아보게 돼
그리고 알게 되지
담이 낯설지 않다는 것과 담은 그저 담일 뿐이라는 걸
우리 담은 무시하고 병원에 가자
담장을 부수면 어떨까
너는 제안했지만 너를 끌어안을 때
나는 너의 담장을 바라봤다
우린 담장을 짊어진 채 서로 파수꾼이 되어야 한다

처음에 너는 담장에 닿았지
나의 끝을 건드렸지
우리는 서로의 담장을 껴안으며 무서운 질문이 되어
간다
참 이상하지 담장은 바깥에서부터 시작되었는데
안을 항해 몰려드는 벽돌들이
너는 가끔 창문 닫는 것을 잊어버린다

밖에서 안으로 손이 넘나들 때
나는 담장으로부터 한참이나 멀다
우리는 뒤집힌 장갑처럼 서로를 꼭 끌어안은 채
앞에 놓인 담장을 쳐다보았다

누군가의 목이 담장을 지나갈 때까지

수집가

좀처럼 조명이 꺼지지 않는 무대 당신의 동공은 까맣게 닫혀 있다. 극이 시작된 것을 나만 모르고 있었다.

마샤 당신은 정상이로군. 당신은 검은 옷을 입고 있잖아. 이건 제 삶의 상복을 입은 거예요. 당신은 미쳤군요.

늘 중얼거리는 그 남자는 자신이 쏜 총에 죽었다고 믿고 있는 시인이다. 곁에 누운 애인이 허공을 바라본다. 난 환상을 믿지 않아, 내 배 속의 아이는 왜 저기 매달려 있지? 시인과 애인은 정사를 나누는 중에도 서로의 이름을 끊임없이 부르곤 했는데 정작 자신의 이름은 알지 못했다.

기가 막히는군. 난 그 아이의 엄마예요. 시인의 엄마라고 나선 그녀가 등장했을 때 극은 결말로 치닫고 있었다. 더 이상 새로운 갈등은 없어야 한다. 그녀의 정부마저 무대에 올랐을 때 당신의 닫힌 눈동자도 페르소나, 되돌릴 수 없었다.

극은 끝나지 않았다. 관중석에 불이 켜진 뒤에도 당신의 검은 눈동자는 휴지(休止). 아직 당신은 극의 인터미션

중이지? 유령처럼 극장을 빠져나온다.

티켓은 얼마간 당신의 주머니 속에 머물 것이다.

●당신은 검은 옷을 입고 있잖아. 이건 제 삶의 상복을 입은 거예요: 안
톤 체호프, 「갈매기」에서.

모두를 위한 비가 아니듯

왼쪽으로 사라지는 것이 있다

양손에 엄마와 풍선을 하나씩 쥐고
어떤 것을 놓칠까 손에 땀이 났던 것처럼

언제나 의문이었던
되돌아오지 않는 구름과
의미 없는 단어들의 존재

조랑말 뒷동산 에메랄드 플라스틱으로
만들 수 있는 근사한 이야기는 없을까

기차를 발음해 보면

어떤 단어가 기차와 함께 사라졌다는 걸 알 수 있었다
기차는 그렇게 거대해졌다

내가 잡고 있는 것을
의심해 본 적 없었지
입 밖으로 흘러내리는 침

쏟아지는 행위만이 중요했다

이 비는 어디로 가나
모두를 위한 비가 아니듯

조랑말 뒷동산 에메랄드 플라스틱
네 단어로 만들 수 있는 근사한 이야기를

나는 길게 만들지 않는다
나는 이어지지 않는다

모르는 얼굴

유리문에 코를 박았다, 코를 기다린다

유리에 찍힌 코의 얼룩과 동시에
코가 사라진 얼굴

유리 위로 어디선가 많이 본 얼굴을 들여다본다

손가락 도장처럼 뭉개진 흔적
불투명한 코가 나무에 걸려 있다

얼굴에 코를 그려 넣어 볼까?
창문에 코가 달려 있으면 재밌겠다

코가 없으니 알 것도 같은 얼굴이다
코에 골몰하는 동안

나무에 매달린 전구들이 빛난다

코는 여진히 외출 중
언제나 코를 그리는 것은 어렵다

코 없는 얼굴이
흔들리고 있다

늦을 것 같다

코를 기다리다, 유리문에 코를 박은 날

우산을 펼치려다 말고

지퍼가 고장 난 물주머니처럼

구름이 홀랑 젖는다
젖으면서 웃는다

불현듯 뒤통수가 뜨거워서 오래 주춤거리던 손

빗장을 풀자 몇몇이 떠내려간다

이끼로 뒤덮인 가장자리
눈이 오래 머물고

얼굴이 흘러내릴까 봐 손으로 입꼬리를 들어 올린다

내게 달라붙어 떨어지지 않는
늘 무거웠던 두 발
땅에 질질 끌리며 불어난 몸집

뒤돌아보면 바닥은 항상 젖어 있었다

퀴퀴한 하수구 냄새와

그 위로 차곡차곡 쌓이는 시멘트

바닥은 반드시 젖어야 했으니까

싱크홀

아이가 내일이라고 말하는데
엄마가 어제라고 번역해 들려준다

점차 잃어버리는
상자가 많아지는 것이 노년이다

내일은 오늘의 뒤가 아니라 앞에 있는 말

우리는 같은 상자 속에서 태어났다
검고
더 검은 것만 존재했다

기억을 의지로 뒤바꾸어도

세계는 흔들리지 않는다는 혼돈,
확인할 수 있는 것들만 확언하는 세계

부적처럼

서로의 등을 키운다

화병

선물로 받은 스토크 몇 송이를 볕에 말렸다

다 마르기도 전에
여름이 되고 장마가 왔다

색이 채 빠져나가지 못한
잎사귀에서 네 얼룩을 읽었다

고개를 숙인 꽃들도 꿈을 꿀까

화분에 대고 인사하면, 시들어 가는 뼈가 보였다

누가 예고하지 않아도 너는
계절의 바깥에 흩어져 있었는데

꽃에도 말이 무성해지는 겨울이 오면

집으로 돌아오는 그림자도 길어질 것이다
제 발을 뒤로 감춘 채

거짓말보다 빛났던

바닥을 보고 돌아선다
아무것도 없구나
물고기처럼 다시 돌아가 들여다본다
얼마나 찼는지 보려고

푸르다,는 사라진다는 동사

바닥이 싫은 게 아니야
비어 있는 게 싫은 거지

지구를 도는 달에게
가까워지는 게 비극일까 멀어지는 게 비극일까
나는 이런 질문에 가까워졌다가 멀어진다

어둠의 깊이가 아니라 깊이의 어둠으로부터

비어 있다는 것은 바닥을 모른다는 것
내가 보면 바닥은 놀란다

우스워지거나

부끄러워지거나

나는 다시 바닥에 눕는다
가까워졌다가 멀어진다

제4부

아스피린

글을 써야 한다고 하면 손목이 시큰거린다

숨을 깊게 뱉으면 얼굴이 바닥으로 흘러내리려 한다

뿌리내린 이야기는 무거워
바다로 들어가려 할수록 떠오르는 몸

금붕어를 잡았다 놓친 것처럼
손이 찜찜하다

이야기가 자리 잡을까 봐 무언가 내 손을 붙들고

내 귀는 커다란 식물이 되어 잎사귀를 펼친다
나무의 그늘진 늑골을 따라

허공에는 뿌리만 올올이 곤두서 있다

주머니

내가 이곳에서 우산을 펼 때
동시에 버스를 타는 저곳의 내가 있다

외투가 젖은 사람들이 버스에 오르고
흐린 창문을 손으로 닦으면
아무것도 모르는 문의 표정으로

잠시 나는 멍해진다
그것을 열고 싶어서

한쪽 어깨가 맞닿은 채로 나는 무수히 나누어진다
내가 나를 동시에 떠올리면
우산 아래로 쏟아지는 기분

버스가 덜컹거릴 때마다
덩달아 흔들리는 또 다른 나
놓쳐 버린 풍선이 가벼워서 바라보는 것처럼
미련이 생길 것처럼

나는 나를 놓친다

창밖으로 비가 내리고

우산이 없는 내가

우산을 접었다

어깨가 젖는 줄도 모르고

나를 대신해 글을 쓰는 사람은 누구에게 쓰나?

이상한 단어들을 중얼거리다 보면
혀가 사라진다

길 잃은 단어들, 바다에서
파라솔들이 하나씩 펴질 때마다

땅이 줄어든다

잃기 때문에 읽을 것이 많다

몇 마디 손가락이 길어지면, 다들 오해를 겁낸다

모스부호처럼 남은 사람들의 자세
모래는 제 몸을 담지 못한다

파도는 소리가 없지만
파도 소리는 시끄럽다

앰뷸런스의 형식을 배운다

90

오늘 목에 걸린 소음이

질서를 입는다

●나를 대신해 글을 쓰는 사람은 누구에게 쓰나?: 옥타비오 파스, 「글」
에서 인용.

긴

모든 것이 이불을 들추며 시작된다

나는 피를 흘리며
앰뷸런스를 타고 떠났다

사람들은 붉은색을 보면 울거나 웃었다

꽃을 꺾기 위해 무릎을 꿇었는데
넘어지면 왜 무릎부터 꿇게 되는 걸까

무릎은 낯빛을 붉히고

안에 피가 도는 식물이라는 걸 알고 있었다

잘못을 저지른 사람처럼 심장이 뛰었다

얼굴은 아이스크림처럼 녹아내렸다

어름
코끝까지 시큰해지는 악취

우리는 멀어지며 미로가 된 것처럼, 서로를 흉내 냈다

나는 바닥에 누워
이제는 말라붙은 흉터만 더듬곤 한다

내가 잠시 나를 벗어났던 흔적일까 봐
꽃밭에 누워 오래도록 일어나지 않는다

드라이플라워

우리는 언제든 꽃이 될 수 있었다

밥을 먹을 때도
잠을 잘 때도
해변으로 달려가는 중에도

자주 꽃으로 변했다

식물이 되어 간다고 느꼈을 때
날카로운 송곳니가 자라났다

바다는 생각보다 탄성이 적어서
쉽게 물러졌다
뾰족해도 무기가 되지 못한 것들은
잘라도 계속 자라났고

싱크대에 토마토가 있었다

내가 토마토를 바라보자
토마토는 얼굴을 붉혔다

점점 동물이 되어 간다고 느꼈다

물컹하고 비릿한 햇살이
칼날처럼 지나간다

바닥이 있다는 걸

당신이 그린 동그라미는 어딘가로 굴러갔다

나는 다시 그린 동그라미에
종이꽃을 가득 심었지

전등을 그려 주자
꽃의 봉오리가 벌어졌다

나무가 벽지 속에서
초록처럼 자라났다

펜을 들면 활짝 펼쳐진 접시가 몸을 움츠렸지

바닥이 드러난 수프와 진눈깨비 같은 빵가루가

생각 속에서만 흩날렸다

달이 꺼지면 깜깜해지고
새들은 남아 있는 빛을 떨고

순식간에 떠났다

생겨나는 바닥들을 보았다

원래부터 있었던 것처럼
동글동글

굴러가는

빵 없이 버티는 오후 두 시

나는 빵을 보면 부풀어 오른다

뼈만 남은 나무들을 본 적이 있다 비만한 허영은 얼마나 가벼웠는지

꿈속에는 상상을 키울 수 있는 효모가 없다
맛있는 풍경만 가득하다

따뜻하고 고소한 냄새를 풍기는 빵이 먹고 싶다 나를 팽창시키는 마음은 얼마나 가볍나 나무들을 흔들어 보아도 무겁다 오직 뼈만 남았는데도 커다란 허영처럼 육중한

빵 없이 버티는 오후 두 시

어제 먹다 남긴 것들이 꿈속을 표류하는 이방인이 되어 서글프다

나는 관심을 뒤집어서

부풀어 오르는 겉면에서

빵으로 내 안으로 집중하기 시작한다 부드러운 달콤한
허기가 입속을 칠한다
　상상이 아니라 효모로 키운 풍경

　빵이 나를 누른다

　빵이 나보다 무겁다

양말 속에서 모두가 편안한 밤

동화 속 주인공들은 책을 덮고 버스를 타고
서둘러 양말 속으로 돌아간다

때맞춰 눈이 내리고
육교마다 양말들이 대롱대롱 매달려 잠잔다

박쥐처럼 몸을 가리는 크리스마스 밤

옥상의 인공 정원에서
장례식의 검은 행렬에서
끝이 없는 터널의 끝에서

전구들이 쏟아진다
뒤집은 양말 속에서 온통 반짝거린다

#전선에 #걸터앉은새 #구부러진발톱
#점으로얼룩진 #식탁보 #걸레가닿지않는모서리
#해골을만드는 #공장굴뚝
#길기리의리어카 #연탄에꽂은 #꽃한송이

눈이 쌓인다
눈들이 쌓인다
혼수상태로 깨어나지 않는 동화들

크리스마스트리가 빛나는

밤의 밝은 양말

지붕 버리기

―

　우리는 얼음을 만들려고 얼음을 불렀는데

　네모였다가 동그라미였다가 모양이 변하는데도 너라는
게 신기해 매일 아침 부은 얼굴 볼 때마다 얼음을 떠올리
는 거

　낮고 굵은 목소리로 너를 부르고

　너의 주변을 산책하면서 두 손으로 호호 입김을 불다
가 누군가 던졌다

　너는 얼굴에 돌 맞을까 몸을 숨겼다 그 찰나에, 얼굴 없
는 돌의 표정이

　떠올랐다 얼굴이 없는 얼굴에 소름이 돋을 때

　언제든 얼음이 될 수 있었다
　무엇이든 얼릴 수 있었다

―　얼음을 만들려고 얼음을 불렀는데

우리 아닌 것들이 수축되고 있었다

더 환한 밤이 우리에게

우리는 생략될 때 서로를 읽는다

붙어 있는 페이지와 페이지를 떨어뜨리자
다시 똑같아지는 밤
다시 또 달라지는 밤

그것은 자주 지워졌다
입을 벌리면, 목젖 너머 파묻혀 있던 그것이
고개를 내밀어 공중을 떠다녔다

그것에 대해 우리는 머리를 맞대고 골몰했다
왜 생각했지
왜 생각지도 못한 기억들만 기록했지

감춰진 페이지에서 발견한, 푸른 향이 나는 곰팡이

우리 중에 그것은 존재했다 두 사람일 때
하나는 외로워서 나머지를 껴안았다

자주 사용하느라 고독해진 쉼표들과 이미 넘쳐서 고요

한 말줄임표들

   우리 가운데 잘못 읽어 온 삶처럼 거대해지는 숨이 끼
어들고

   도로에 싱크홀 같은 밤이 파여 있다

   더 환한 밤이 우리에게

우리가 우리일 때 우리 아닌 것은 어디에

우다영(소설가)

조금 이상한 일이지만 이 시집을 카페에서 읽고 있을 때 정말로 초희를 찾는 전화를 받았다. 초희니? 아닌데요. 초희가 아니에요? 네 아니에요. 이 번호가 아닌가요? 번호는 맞는데 아니에요. 짧은 통화 동안 나는 '나인 것'과 '나 아닌 것'을 구분하는 방식으로, 정의하자면 나의 경계를 규정하는 방식으로, 비유하자면 원석에서 여백을 떼어 내어 조각상을 드러내는 방식으로 나를 말했다. 나는 초희가 아니고, 초희가 아닌 누군가이며, 아마도 전화를 건 당신이 혼동할 만큼 초희와 비슷한 번호를 가지고 있지만 그럼에도 초희가 아닌 나라고. 전화를 끊은 다음에도 나는 잠시 더 초희라는 이름을 머릿속에 떠올렸다. 이전까지 떠올려 본 적 없는 이름을 떠올리는 나, 내가 아닌 다른 사람 초희를 알게 된 나, 내가 초희가 아니라는 사실을 인식하게 된 내가 거기 있었다. 전화를 받기 전과는 조금 다른 내가 되었고, 정확히는 내가 아닌 나를 조금 더 알게 된 내가 된 것인데, 아이러니하게도 나의 나머지를 알게 된 만큼 나는 한 뼘쯤 길어진 것이다. 그렇다면 나를 확장시킨, 내가 아닌 초희는 여전히 내가 아닐까? 처음과 같이 초희와 나는 서로의 영향권에 접하지 못한 동떨어진 존재일까? 이렇게나 시집과 무관한 생각에 빠진 내가 읽은 이 시집은 과연 내 생각으로부터 무관할 수 있을까?

테두리와 무게

> 석고 형상 속 웅크린 어깨선이 있다
>
> 아스팔트 위 나무, 배웅이 있는 골목, 버려진 기차표
> 우리가 머무른 듯 연결되어 있는
>
> 몸의 테두리,
> 우리 모두 같이 낯익다
>
> 미로가 우리를 헤맨다
>
> ─「구멍」 부분

존재를 바로 그 존재로 만드는 경계가 존재한다면, 모든 존재는 테두리의 안쪽이라고 바꿔 말할 수 있을까. 테두리는 안과 밖을 분리하며 발생하고 동시에 안과 밖을 분리하

는 근거가 된다. 그런데 김석영의 시에서 나타나는 테두리는 종종 미심쩍은 구석이 있다. 첫 시의 첫 구절인 "석고 형상 속 웅크린 어깨선이 있다"를 의미심장하게 읽는다면, 이 문장은 '석고 형상의 웅크린 어깨선'이라고 쓰지 않음으로써 "석고 형상"과 "웅크린 어깨선"을 각각 다르게 인식한다. 나아가 두 테두리의 일치는 순간적으로 발생한 상태이며 상황은 얼마든지 달라질 수 있음을 암시하기도 한다. 테두리의 변동이 일어나는 까닭은 어디까지를 존재의 내부로 보고 어디까지를 존재의 외부로 볼지 결정하는 입장이 고정불변하지 않기 때문이다. 즉, 안과 밖은 영원히 그대로 안과 밖이 아니다. 나라는 존재를 규정하는 테두리는 선이나 면으로 이루어진 실체가 아니라 단지 나(나의 내부)와 세계(나의 외부)가 분리되었기 때문에 발생하는 상태, 즉 상자를 상자의 형태로 접는 "점선"이다(「상자」). 점선은 선과 달리 눈에 보이지 않는다. 실체가 없지만 실존하며 상자를 상자이게 하는 명령이자 근거가 된다. 그러므로 나는 무수하고 복잡한 명령이자 근거로 나와 세계가 꺾이고 서로를 밀어내며 차지한 영역에 의해 끊임없이 변한다. "차가운 기후가 몸에 스며들"기도 하고 "체온은 나에게서 조금씩 멀어"지기도 한다(「중립」). "어떤 것은 나를 통과하고 빠져나"가며(「플레이콘」) "나를 제외한 모든 것은/나에게 흡수되고 남"은 것에 다름 아니다(「셔틀콕」). 그렇다면 존재는 테두리의 '형태'가 아니라 테두리의 '움직임', 즉 테두리의 '변화' 그 자체라고 말할 수 있을까.

물의 표면에는 흔들리는 벽

(중략)

물 위에 비친 버드나무 가지를 올려다본다

흔들린다

　　　　　　　　　　　—「아키타이프」부분

　이 시에는 두 가지 시선이 포착된다. 첫 번째 시선은 "물의 표면"에서 "흔들리는 벽"을 보는 시선이다. 언뜻 "물의 표면"을 보는 것 같기도 하고 "흔들리는 벽"을 보는 것 같기도 하지만 실은 둘을 동시에 바라보고 있다. 그러지 않는 것이 불가능하기 때문이다. 물은 '물질'로 이루어진 '실체'이고, 물의 경계가 만들어 내는 "흔들리는 벽"은 '비물질'이며 실체에 의해 실존하는 '현상'이다. 둘은 서로를 배제한 채 따로 존재할 수 없다. 현상은 실체로부터 비롯되며, 실체는 현상으로부터 벗어날 수 없다. 점선의 실존은 상자라는 실체와 분리될 수 없다. 그럼에도 둘은 구분할 수 있고 혼합할 수 없다. 마치 "석고 형상 속 웅크린 어깨선"처럼. 두 번째 시선은 "물 위"에 비친 "버드나무 가지"를 보는 시선이다. 정확히는 그것의 '흔들림'을 바라본다. 흔들리고 있는 것은 물에 맺힌 상(현상)일까, 물 너머에 진짜 존재하는 버드나무 가지(실체)일까. 마찬가지로 우리는 이 둘 또한 분리할 수 없다. 두 가지 가능성은 중첩된 채 감각되고 이런 경우 가능성은 둘 이상으로 늘어난다. 우리가 인식하는 세계는 하나의 실체가 아니라 우리를 둘러싼 모든 실체와 현상이 서로 맞부딪히며 만들어 내는 반응과 교환의 결합물이기 때문이다. 그러므로 처음에도 이후에도 시의 화자가 바라보고 있는 것은 물도, 빛도, 버드나무 가지도 아닌 화자의 입장에서 인식되는 가상의 무엇이며 고정된 하나의 대상이 아니라 '흔들림' 그 자체가 된다.

부풀어 오르는 커튼을 보고 있다

불행을 잃어버린 세계처럼 환하게 앓고 있는

바람은 흩어지고 부서져
그 연약한 것에 제 몸을 기댄다

집 전체를 위태롭게 만든다

새들은 차례대로 웃는다
서로 다른 시차로 조금씩 어긋난다

한 면을 떼어 버린
구처럼

드러나면 초라하지만

말 없는 포로와 한 몸이 되어 간다

커튼이 줄어드는 동안

바람이 점점 커지고

나에게 닿지 않고도 나를 밀어낸다

몸 안팎을 들락거리는 무게

계속해서 굴러가려고

나는 그 무게에 휩쓸린다

—「영향권」 전문

　시의 화자는 다시 변화를 바라보고 있다. "[바람에] 부풀어 오르는 커튼"은 어디까지가 바람이고 어디까지가 커튼일까. 바람과 커튼은 뒤엉키고 있고 어쩌면 뒤섞이고 있지만 그럼에도 사라지지 않는다. 서로의 상태에 반응하고 서로의 일부를 교환하는데도, 너를 흡수하고 나를 분출하는데도 바람은 여전히 바람이고 커튼은 여전히 커튼이다. 형질이 바뀌어도 그 존재로 남는다. 그런데 과연 그러한가? 커튼에 가로막힌 바람은 곧 원래의 힘과 방향을 잃고 "흩어지고 부서"진다. 바람에 부푼 커튼은 마치 "차례대로 웃는" 새들처럼 "서로 다른 시차로 조금씩 어긋난다". 이전과 다른 상태로 변화한다. 그리고 마침내 커튼과 바람은, 바람과 커튼은 서로의 영향권에 사로잡힌 채 "포로와 한 몸이 되어 간다". 이때 존재는 자신을 둘러싼 영향권에서 분리될 수 없다. 바람은 바람이고 커튼은 커튼이지만 그들이 맞닿아 발생하는 '움직임'은 단독의 존재가 만들어 낼 수 없고 오직 관계 속에서만 성립하기 때문이다. 그리고 관계는 언제나 밀거나 당기는 '힘'의 균형 안에 자리한다.

다시, 존재는 테두리의 '형태'가 아니라 테두리의 '변화(움직임)'라고 말할 수 있을까? 그렇다면 존재는 '변화'를 성립시키는 촘촘하고 복잡한 힘의 작용, 세계의 '영향권'으로부터 자유로울 수 없다. 우리는 커튼을 본다고 믿지만 그것은 커튼을 부풀어 오르게 하는 주변 모든 영향의 결합체를 동시에 보는 일이 된다. '존재=존재+영향권'이라는 모순된 등식을 적을 때, 존재와 세계를 분리하는 테두리는 모호해진다. 어디까지가 나이고 어디까지가 세계인가? "언제나 나는 입안에 돌을 숨긴다"(「구멍」). 김석영의 첫 번째 시집 『밤의 영향권』은 언제나 입안에 숨겨 둔 돌처럼 이 질문을 내포한 채 길고 부드러운 밤을 탐구한다.

「영향권」이라는 시의 정황은 이러한 시인의 탐구가 나아갈 입구의 이미지를 아름답게 보여 준다. 바람에 부풀어 오르는 커튼은 "집 전체를 위태롭게 만"들고, 마침내 "나에게 닿지 않고도 나를 밀어낸다". 존재의 변화를 '보는' 나는 변한다. 멀리 떨어져 나와 무관하게 존재하는 깃들이 나를 밀어낸다. 나를 둘러싼, 내가 아닌 세계는 이렇게 나에게 도착하고 마침내 나를 포함한 영향권이 된다.

이때 나의 "몸 안팎을 들락거리는" 것은 다름 아닌 "무게"이다. 시인이 숨과 음식과 언어가 들락거리는 내밀한 "입안"에 숨겨둔 돌. 물리학의 개념에서 무게는 '질량을 가진 물질에 작용하는 힘의 크기'를 의미한다. 어떤 물질도 힘의 작용 밖에 존재할 수 없고, 어떤 힘도 물질 없이 존재할 수 없지만 무게는 그 자체로 실체(물질)와 실존(힘)의 결합에서 발생된 실재이다. 그러므로 무게는 실재하며, 어쩌면 유일한 실재의 유형이기도 하다. 무게는 나와 세계의 경계를 들락거리며 나의 테두리를 변화시키고, 나는 변화함으로써 계속 존재할 수 있다. 나는 "계속해서 굴러가려고" "그 무게에 휩쓸린다". 이 말은 이렇게 다시 바꿔 말할 수 있다. 나는 존재하기 위해 세계와 뒤섞인다. 또 이렇게 말할 수도 있다. 나는 오직 영향권 속에서 존재한다.

형태맹

그렇다면 존재를 '보는' 일에 대해 말해 보자. 색맹은 색을 보지 못하는 것이 아니라 구별하지 못하는 것이다. 마찬가지로 형태맹은 형태를 보지 못하는 것이 아니라 그것의 형태, 즉 안과 밖을 구별하지 못하는 것이다. 나와 나 아닌 것, 나와 세계, 그와 그 아닌 것, 그와 세계, 이미 구분된 것들을 구별하지 못할 때 그것들은 눈앞에서 사라지는 것이 아니라 다만 하나로 보인다. 그리고 하나로 보는 것은 곧 보지 못하는 것(盲)과 같다고 표기된다. 그런데 과연 그러

한가? 세상의 논리와 언어로 구분된 것들을 구별하여 바라
볼 때 우리는 그것들을 진짜 보고, 빠짐없이 보고, 정확하
게 보고, 절실하게 보는가?

우리는 서로 확대하거나 축소하지

(중략)

우리에겐 우리 이외의 것이 필요하고
시선에는 색 이외의 색이 필요하니까

—「어떤 대화」 부분

바다의 어두운 색깔이 모래 속으로 스며든다

모래와 물은 긴밀히 만난다
원래 하나였다는 듯

해변을 따라 걸어가는 연인들의
발밑으로
아무것도 되지 못한 미로가
수천 개로 갈라진다

사라지는 발자국처럼
무언가를 잃어버리기 위해

물가에 서 있다

바다가 바닥을 데리고 간다

　　　　　　　　　　　　　　　　　—「빛과 물질」부분

그것을 본다는 것. 그것을 온전하게 본다는 것. 가령 온전한 "우리"와 온전한 "색"을 본다는 것. 이는 사실 실현되기 어려운 소망이다. 모든 존재는 외따로 존재할 수 없고 끝없이 펼쳐진 영향권에 의해 끊임없이 변화하는데, 그러므로 그것을 보기 위해선 그것의 영향권과 영향권의 영향권과 또 그 영향권을 끝없이 봐야 하는데, 우리는 꼼짝없이 한정된 시공간에 붙들린 신세이기 때문이다. 다시 말하면, 우리가 인식하는 차원에서 관측되는 존재는 반드시 그것을 "확대하거나 축소"한 이미지일 수밖에 없다.

예를 들어 보자. 바다는 수많은 물결의 파동들이 서로 중첩되어 간섭하는데, 여기서 단 하나의 파동을 떼어 내어 볼 수 있을까? 그 시선이 과연 성립할까? 바다를 욕심껏 도려내어 한 폭의 그림처럼 액자에 담은 파도는 그 파도의 전부가 아닌 일부이며, 바다의 수많은 순간 중에 포착된 하나의 순간일 뿐이다. 모든 것이 연결된 이 무시무시한 연쇄의 우주를 온전히 보는 일은 막막하고 불가능하게 느껴진다. 하나의 존재를 본다는 건 마치 파도에 휩쓸려 모래 위에서 흔적도 없이 "사라지는 발자국"처럼 나에게서 비롯되었지만 (혹은 나에게 당도할 테지만) 나의 "아무것도 되지 못한" 채 탈

115

락한 "수천 개로 갈라진" "미로"를 모두 지나는 일이고, 당연하게도 우리는 그 일에 실패한다. 미로의 속성(이자 발생 조건)은 주체가 헤매는 데에 있으며 출구를 찾아 돌파하거나 전체 모양을 간파하면 그것은 이미 미로가 아닌 내가 아는 길이기 때문이다. 그 길은 이미 나에게 편입된 내가 된다. 우리가 보지 못하는 것, 놓치는 것, 영영 잃는 것은 언제나 그 나머지이며, 말 그대로 알지 못함으로써 성립하는 미지의 미로이다.

이때 우리는 그것을 보기 위해 필연적으로 온전히 보지 않는다. 무슨 말이냐 하면, 우리가 인식하는 차원에서 결코 온전히 볼 수 없는 촘촘하게 연결된 하나의 존재를 인위적인 기준으로 구분하고 그것을 단순화해 바라보는 것이다. 세상에 있는 그대로 존재하는 '열매'와 '바다'와 '별'에서 '구'라는 도형과 '파랑'이라는 색과 '별자리'라는 구도를 보는 것이다. 아니면 여기저기 구멍을 내고 텅 빈 공백으로 가려진 그것을 바라볼 수도 있다. 인식과 언어의 경계로 존재를 왜곡함으로써, 그러니까 '존재'를 '이미지'로 만듦으로써 우리는 그제야 그것을 볼 수 있다. 우리는 항상 존재를 보려 하지만 오직 그것의 이미지를 볼 뿐이다. 아이러니하게도 무언가를 보는 일은 그것을 포착하면서 동시에 무수히 놓치는 일이고, 존재하는 일은 존재하면서 동시에 무수한 비존재로 유실되는 일이 된다. 우리는 늘 "무언가를 잃어버리기 위해/물가에 서 있"는 것이다.

그렇다면 인식과 언어에서 벗어나 형태를 구별하지 못하

(않)고 그것을 하나로 보는 형태맹을 다시 떠올려 보자. 그들은 더 많은 것을 보면서 보지 못한(않는)다. 그리고 그들은 보지 못하(않으)면서 더 많은 것을 본다. 보지 못하는 비능력, 혹은 보지 않는 능력은 김석영 시 전반에 혼동의 모습으로 드러난다.

밤마다 방에서 모서리가 자라난다 모서리를 먹으며 당신의 뒤통수는 불룩 튀어나온다 나는 망치로 당신의 모서리를 두드린다 집 안에는 둥근 기둥들이 늘어 간다

어디든 모서리는 많고 당신은 모서리를 아무렇지 않게 먹는다 당신의 모서리는 뾰족하고 접히는 성질이 있다 우리는 모서리를 기른다 직각으로 꺾이는 자세가 마음에 든다

당신은 텔레비전 속에서 사람이 살지 않는 섬을 본 적 있다 바다에 박혀 있던 검은 섬은 침몰하기 직전의 배 같았다 어둠 속에서도 선체의 모서리는 밝게 빛났다 푸른 불빛이 쏟아지는 방 안이

조금씩 기울었다 의자의 나사가 헐거워질수록 한쪽 다리를 꼬고 앉는 자세가 늘어 간다 베개를 끌어안고 나는 기나긴 잠 속으로 들어간다 잠의 깊고 부드러운 이빨에 물리면 돌아오는 길을 잃는다고 당신은 말했다

형광등이 깜빡거린다 표류하던 폐선이 해변으로 밀려온
것처럼 방이 또 한 번 출렁거린다 망치를 들고 있는 당신이
보인다 모서리를 두드린다

가라앉는 내가 있었고 떠오르는 내가 있다

—「토르소」 전문

밤마다 모서리가 자라나는 방에서 시작된 이 시는 어떤
모험처럼, 항해처럼, 꿈결처럼 몽롱하게 흘러간다. "당신"
은 "사람이 살지 않는 섬"을 본 적이 있고, 그 섬은 "침몰
하기 직전의 배"와 같다. 그리고 다음 순간 "어둠 속에서도
선체의 모서리는 밝게 빛났다 푸른 불빛이 쏟아지는 방 안
이"라는 문장을 적음으로써, '선체의 모서리'와 '밝게 빛남'
과 '푸른 불빛이 쏟아지는 방'을 모호하게 겹쳐 둠으로써 우
리는 기묘한 공간의 이동을 경험한다. 그 이상한 굴을 통
과하고 나면 어느새 '기울어지는 방 안의 의자' 혹은 '기울
어지는 의자'에 앉아 기나긴 잠 속으로 들어가는 것은 "내"
가 된다. 감쪽같이 "당신"은 사라지고 "당신"의 자리에 "내"
가 위치한다. 시의 끝에서 "나"는 형광등이 깜빡이는 현실
에서 깨어났거나, 여전히 깊고 부드러운 잠 속을 헤매고 있
는 것으로 보이는데 이때 사라진 "당신"을 다시 마주한다.
시의 처음과 같은, 모서리가 자라는 방으로 돌아왔지만 망
치를 들고 모서리를 두드리는 사람은 더 이상 "내"가 아니
라 "당신"이다. "나"와 "당신"은 현실과 꿈의 경계를 밀어내

듯 모서리를 두드린다. 어느 쪽이 현실이고 어느 쪽이 꿈인지, 어느 쪽이 "나"이고 어느 쪽이 "당신"인지 혼동한다. 이것은 끝없이 자리를 바꾸며 반복되는 악몽처럼 보인다.

세상은 뫼비우스의 띠처럼 영원히 이어지지만 시는 마지막 문장에 도달할 수 있다. 그것은 '가라앉는 나'와 '떠오르는 나'가 동시에 존재하는 상태이며, 이 불가능한 상태는 오직 반복되는 세계로부터 발생한다. 팬이 돌아갈 때만 존재하는 완벽하게 동그란 원반처럼. 이때 팬을 돌리는 것, 세계를 반복하는 것은 "나"와 "당신"을 혼동하는 작은 낙차다. 혼동하는 눈. 구별하지 못하는 눈. 그리하여 맹(盲)으로 불리는 눈은 보지 않음으로써 세계를 본다. 또한 눈은 언제나 세계를 바라볼 뿐만 아니라, 눈앞에 현현하는 세계를 만들어 내기도 한다.

나는 더 이상 관객이 아니다

사람을 손에 쥐고
입장하는 저 풍선들

—「사물의 입장」 부분

시에서 혼동은 손쉽게 위치의 뒤바뀜, 입장의 뒤바뀜으로 이어진다. 관계의 역치가 일어난다. 그렇다면 빈번하게 안과 밖, 나와 당신, 사람과 풍선 따위를 구별하지 못하거나 의도적으로 혼동하는 김석영 시의 화자들이 그것의 위치를 뒤바꿈으로써 세상에 드러내고 있는 것은 무엇인가. 이렇게 다시 물을 수 있겠다. 모든 존재는 움직임이며 곧 변화 그 자체라는 믿음이 유효할 때, 즉 행위가 존재를 만든다고 정의할 때, 혼동하는 행위가 만드는 세계는 어떤 모양을 하고 있는가.

엄마는 의자에서 나를 낳았다

나는 태어나면서부터 앉을 줄 알았다

누가 앉아 있으면 부러워서 눈이 갔다
그때마다 엄마에게 혼났지만
몰래 훔쳐보는 것을 멈출 순 없었다

훔쳐보는 게 훔치는 건 아니니까

의자가 갖고 싶어서 의자를 그렸다
단 한 번으로 완전한 암기란 불가능했다

의자를 힐끔거렸지만
그림 속의 의자와는 많이 달랐다

나는 의자에 앉은 유일한 사람

엄마를 그려 넣은 의자에서 만족스러웠다
더는 훔쳐볼 필요도 훔칠 필요도 없는 기분

의자에 앉으면 다시는 의자를 볼 수 없었다

사람들은 나를 빙 둘러싸고
한 사람씩 내 위에 앉았다가 떠나갔다

앉은 채 죽어 가는 법을 배우는 중이었다

—「채플 시간」 전문

"엄마는 의자에서 나를 낳았다"라는 첫 번째 진술 안에는 역순으로 '나'와 '나의 위치'와 '나의 기원'이 있다. 바로 뒤이어 나열된 두 번째 진술 "나는 태어나면서부터 앉을 줄 알았다"라는 문장 안에는 나의 두 가지 '행위'가 있다. 하나는 내가 발생하는 '태어남'이고, 다른 하나는 내가 생성하는 '앉음'이다. 나는 어쩐지 이 두 가지 행위가 인생을 나아가게 하는 두 축이 아닐까 생각했다. 말하자면 생에서 죽음으로 향하는 거대한 운명의 톱니바퀴와 그에 맞물려 돌아가는 나의 선택이라는 작은 톱니바퀴. 이 시를 나라는 세계의 창세기와 묵시록의 축약으로 읽는다면, 세계를 움직이는 흥미로운 전개를 발견할 수 있다.

나는 "의자가 갖고 싶어서 의자를 그"리고 결국 "의자에 앉은 유일한 사람"이 된다. 욕망은 행위를 만들고, 행위는 반응을 만든다. 그런데 이때 인과는 미묘하게 어긋나 있다. 의자를 그리는 행위가 의자를 갖게 된 결과의 원인일 수 없기 때문이다. 그러나 시는 의도적으로 비인과를 인과의 자리에 위치시킴으로써, 그것을 혼동함으로써, '마술적인' 형태로 나아간다.(이런 마술적인 개입은 다른 시들에서도 나타난다. 「밤이 우리를 밟고 지나가도록」에서 "계단을 오르면 계단, 계단/머릿속이 울린다"는 주문 같은 명제를 "밤이 우리를 밟고 지나가도록"에 적용하면, 밤은 우리를 계단처럼 밟고 오름으로써 온통 우리로 가득 찬다. 이것은 김석영의 시에서 우리가 세계를 찬탈하는 방식, 세계가 우리 안에 들어오는 주술적인 방식을 단적으로 보여 준다.) "[내가] 엄마를 그려 넣은 의자"는 태초의 장면, "[엄마가] 의자에서 나를 낳"는 순간에 앞선다. 나의 그림, 즉 나의 행위가 나의 기원을 역전하는 것이다. 인과의 굴레 밖의 시선을 획득한 나는 "더는 [의자를] 훔쳐볼 필요도 훔칠 필요도 없는 기분"을 느낀다. 또한 "의자에 앉으면 다시는 의자를 볼 수 없"다는 깨달음에 이른다. 이때 의자에 앉은 유일한 사람이었던 나는, 즉 존재의 위치에 묶여 있던 나는 "[사람들이] 위에 앉았다가 떠나"가는 "의자"가 된다. 나와 의자, 존재와 존재의 위치가 역치된다. 이때 우리는 익숙한 기분으로 "석고 형상 속 웅크린 어깨선"(「구멍」)을 볼 수 있다. 그리고 마침내 생에서 시작된 나는 "죽어 가는 법"을 배운다.

이런 시의 해석은 비약일지도 모른다. 누군가는 이 시를 나와 진혀 다르게 읽었을지도 모른다. 물론 그래도 좋고, 누구나 그럴 수 있다. 비약이 잘못으로 느껴지지 않는 까닭은 어쩐지 김석영의 시들이 우리에게 그런 독법을 유도하고 있으며, 바로 비약의 지점까지 도달하는 등반이야말로 이 시들을 읽는 행위에 가장 가깝다고 느껴지기 때문이다.

왼쪽으로 사라지는 것이 있다

양손에 엄마와 풍선을 하나씩 쥐고
어떤 것을 놓칠까 손에 땀이 났던 것처럼

언제나 의문이었던
되돌아오지 않는 구름과
의미 없는 단어들의 존재

조랑말 뒷동산 에메랄드 플라스틱으로
만들 수 있는 근사한 이야기는 없을까

기차를 발음해 보면
어떤 단어가 기차와 함께 사라졌다는 걸 알 수 있었다
기차는 그렇게 거대해졌다

내가 잡고 있는 것을
의심해 본 적 없었지
입 밖으로 흘러내리는 침

쏟아지는 행위만이 중요했다

이 비는 어디로 가나
모두를 위한 비가 아니듯

조랑말 뒷동산 에메랄드 플라스틱
네 단어로 만들 수 있는 근사한 이야기를

나는 길게 만들지 않는다
나는 이어지지 않는다

—「모두를 위한 비가 아니듯」 전문

    시인은 고민한다. "의미 없는 단어들"인 "조랑말 뒷동산 에메랄드 플라스틱"으로 "근사한 이야기"를 만드는 방법은 무엇일까. 이것은 세상에 무해하고 무작위하게 펼쳐진 언어와 마주한 모든 작가의 고민이 아닌가. 힌트는 "사라지는 것"이 있다는 깨달음에서 온다. "엄마와 풍선"은 나의 양손에 쥐어져 있지만 동시에 "어떤 것을 놓"친다는 전제를 포함하고 있다. 또 "기차를 발음해 보면/어떤 단어가 기차와 함께 사라졌다는 걸 알 수 있었다"는 진술은 중요하다. 한 언어가 사용될 때 반드시 탈락되는 언어가 생기며, 탈락된 언어는 (언어로 미처 다 표현하지 못한) 온전한 존재와 마찬가지로 세계(인식)에서 사라진다. 남은 것은 존재의 이미지와 그 이미지에는 사라진 무언가가 있다는 깨달음뿐이다. 그리하여 하나의 이미지에는 공백이 포함된다. 기차라는 이미지가 발생할 때, 기차가 되지 못한 것도 함께 발생하는 것이다. 이상한 일이지만, 생겨나는 것(+)과 사라지는 것(-)의 합으로 '기차는 거대해'진다. "조랑말 뒷동산 에메랄드 플라스틱" 이 네 단어는 그 자체의 합이 아니라 그 사이 여백을 채우는 단초로 존재한다. 띄엄띄엄 존재한다. 동떨어진 단어 사이의 광활한 여백이, 그 낙차가 이야기를 발생시킨다. "[이야기를] 나는 길게 만들지 않는다/나는 이어지지 않는다". 그러므로 더욱 거대해진다.

이 이상한 합산법은 「모르는 얼굴」이라는 시에 잘 드러난다.

유리문에 코를 박았다, 코를 기다린다

유리에 찍힌 코의 얼룩과 동시에
코가 사라진 얼굴

유리 위로 어디선가 많이 본 얼굴을 들여다본다

(중략)

코 없는 얼굴이
흔들리고 있다

늦을 것 같다

코를 기다리다, 유리문에 코를 박은 날

―「모르는 얼굴」부분

시의 첫 연은 "유리문에 코를 박았다" (그래서) "코를 기다린다"라고 읽기 쉽다. 동떨어진 두 상황을 각각 원인과 결과의 자리에 놓고 쉼표(,)로 연결하고 있다. 이 재밌는 도약에는 어떤 이야기가 숨어 있을까? 우선 유리에 "코의 얼룩"이 찍히는(+) 동시에 얼굴에서 "코"가 사라진다(-). 느닷없이 펼쳐진 황당한 상황에 나는 유리에 비친 "어디선가 많이 본 얼굴"을 들여다본다. 코가 묻은 유리 위에 코가 사라진 얼굴을 겹치면, 잃은 코만큼 코를 더한 얼굴은 분명히 나의 얼굴이 되어야 하지만, 어쩐지 분명하지 않은 얼굴이다. 이리저리 흔들리는 존재(코)는 흐려진다. "코에 골몰하는 동안" 나의 존재 역시 흔들린다. "코 없는 얼굴이/흔들리고" 그러자 "알 것도 같은 얼굴"이 된다. 내가 알던 나는 코처럼 조금씩 어디론가 유실된다. 흐려진 존재로 인해 시의 상황도 모호해진다. 시의 마지막 연은 "코를 기다리다"가 (그래서) "유리문에 코를 박은 날"로 읽힌다. 첫 연의 상황이 뒤집어진 것이다. 선후 관계의 인과가 역전된다. 때로 세계는 이런 방식으로 거대해진다.

상황은 존재를 흔들고, 존재는 상황을 흔든다. 존재를 바라보는 시선, 관측은 대상을 변화시킨다. 그렇다면 다시 이렇게 질문할 수 있다. 존재가 변화 그 자체라면, 그것을 바라보는 시선이 존재를 발생시키는가? 우리는 이 명제의 역을 알고 있다. 바람에 부풀어 오르는 커튼을 '보는' 나는 뒤로 밀려난다(「영향권」). 존재의 변화를 '보는' 나는 변하는 것이다. 그리고 존재를 보는 내가 변한 것처럼, 내가 보는 존재도 변한다. 세계는 나를 발생시키고, 나는 세계를 발생시킨다. 나와 세계는 상호 영향으로 존재하며, 서로의 자리에 역치된다. 나는 더 이상 관객이 아니며(제3부의 「토르소」) 무대 위에 서기도, 무대 자체가 되기도 한다.

중첩

이제 김석영의 시선은 동시에 관객이며 배우이며 무대인 존재를 아무렇지 않게 관통한다. 차원을 구부리고 뛰어넘는 시인의 눈이 동시 상태를 포착하면 존재는 중첩된다. 시인이 그러기를 바라기 때문에. 하지만 어째서 그러할까?

다수 시의 정황에서 이중 상태가 제시된다. 피와 꽃이라는 서로 다른 존재가 '붉음'으로 겹쳐지고("사람들은 붉은색을 보면 울거나 웃었다", 「긴」), 빛과 어둠이라는 양가적 상태가 '환한 밤'의 시공간에 공존한다(「더 환한 밤이 우리에게」). 아래 시에서는 동시 존재의 '나'를 따라간다.

내가 이곳에서 우산을 펼 때
동시에 버스를 타는 저곳의 내가 있다

(중략)

한쪽 어깨가 맞닿은 채로 나는 무수히 나누어진다
내가 나를 동시에 떠올리면
우산 아래로 쏟아지는 기분

버스가 덜컹거릴 때마다
덩달아 흔들리는 또 다른 나
놓쳐 버린 풍선이 가벼워서 바라보는 것처럼
미련이 생길 것처럼

나는 나를 놓친다

창밖으로 비가 내리고
우산이 없는 내가

우산을 접었다
어깨가 젖는 줄도 모르고

—「주머니」 부분

    나는 더 이상 하나의 나로 존재하지 않는다. "나는 무수히 나누어진다". "나를 놓"치는 방식으로. 이곳에서 우산을 펴는 나와 저곳에서 버스를 다는 내가 동시에 존재할 때, 그러니까 내가 나의 바깥에 동시에 존재할 때, 나는 또 다른 나에게 영향을 끼칠 수 있는 영향권이 된다. 가령 "우산이 없는" 나는 "우산을 접"을 수 있으며, 버스 안에서도 "어깨가 젖"을 수 있다. 동시 존재의 내가 존재할 때 이런 정신적·물리적 초월이 가능해진다. 나는 나에게 닿지 않고도 나를 밀어내는 영향권이 된다(「영향권」). 단일한 나로 존재할 때는 발생하지 않았던 움직임이, 내가 이중 상태에서 진동하는 순간 일어나는 것이다. 그리고 움직임은 곧 존재임을 기억할 때, 여기서 무언가가 생겨났고 무언가가 상실됐다는 것을 알 수 있다.

　이것은 터무니없는 공상일까. 비실재하는 상황일까. 현실 세계에 아무런 영향도 끼칠 수 없는 캔버스 밖의 손이며, 문제 밖의 숫자일까. 가장 오래된 수학책 '린드 파피루스'에는 삼 형제가 17마리의 낙타를 나누는 분수 문제가 있다. 한 상인이 자식 세 명에게 낙타 17마리를 각각 1/2, 1/3, 1/9로 나눠 가지라고 유언했다. 어떻게 해도 나누어지지 않던 17마리 낙타에 지나가던 노인이 한 마리 낙타를 더해 주자 낙타는 18마리가 된다. 삼 형제는 각각 9마리, 6마리, 2마리의 낙타를 나눠 가지고 남은 한 마리를 노인에게 돌려준다. 물론 이 계산은 옳지 않으며 애초부터 아버지가 낸 문제가 틀렸다는 것을 알 수 있다. 그렇지만 눈앞에 주어진 등식에 갇히지 않고 문제 자체의 오류를 꿰뚫었을 때, 그 오류를 통해서만 드러나는 진실이 있다. 가령 아버지의 마음, 아버지의 가르침 같은 것들…… 이어지지 않는 단어들 사이 여백에 숨겨져 있는 근사한 이야기처럼(「모두를 위한 비가 아니듯). 그리고 노인의 한 마리 낙타가 있다. 한 마리 낙타는 이야기가 끝나면 삼 형제의 세계에서 완전히 퇴장한다. 마치 존재하지 않았던 것처럼. 그렇게 분명한 비존재가 된다. 하지만 정말 그러할까? 한 마리 낙타는 주어진 17마리 낙타 안에 영영 포함될 수 없는 비존재이지만, 공존할 수 없는 17마리 낙타와 한 마리 낙타가 동시 존재할 때 어쩌면 시가 발생한다. 김석영의 시선은 이 한 마리 낙타 안에 깃들어 있다. 이야기 밖에서 이야기를 헤집고 들어와, 진실을 관통하고, 아무런 자국도 남기지 않은 채 시를 빠져나간다.

나는 빵을 보면 부풀어 오른다

뼈만 남은 나무들을 본 적이 있다 비만한 허영은 얼마나 가벼웠는지
꿈속에는 상상을 키울 수 있는 효모가 없다

맛있는 풍경만 가득하다

따뜻하고 고소한 냄새를 풍기는 빵이 먹고 싶다 나를 팽창시키는 마음은 얼마나 가볍나 나무들을 흔들어 보아도 무겁다 오직 뼈만 남았는데도 커다란 허영처럼 육중한

빵 없이 버티는 오후 두 시

어제 먹다 남긴 것들이 꿈속을 표류하는 이방인이 되어
서글프다

나는 관심을 뒤집어서

부풀어 오르는 겉면에서
빵으로 내 안으로 집중하기 시작한다 부드러운 달콤한
허기가 입속을 칠한다
상상이 아니라 효모로 키운 풍경

빵이 나를 누른다

빵이 나보다 무겁다
　　　　　　　　　　—「빵 없이 버티는 오후 두 시」 전문

이 시에는 이제 익숙하게도, 존재를 보고 변하는 관찰
자가 있다. "나는 빵을 보면 부풀어 오른다"고 진술할 때,
"내"가 바라보는 "빵"의 상태가 "나"에게 전이된다. 기묘한
점은 "나"는 주체이고 "빵"은 "나"에게 영향을 끼치는 외부
의 대상인데도 그 관계가 역치될 듯 기울고 있다는 것이다.
말하자면, "나"와 "빵"의 존재, "나"와 "빵"의 무게가 저울
추 위에서 이리저리 흔들리다가 결국 "빵이 나를 누"르고,
"빵이 나보다 무"거워지는 지경에 이르고 마는 것이다. 이

런 일이 어떻게 일어날 수 있을까? 간과하지 말아야 할 부분은 "빵 없이 버티는 오후 두 시"에는 "빵"이 없다는 사실이다. 내가 바라보는, 나를 부풀어 오르게 하는 빵은 나의 외부가 아니라 나의 내부에 맛있는 풍경으로 가득하다. 그렇다면 다시 익숙하게 이런 질문을 던져 볼 수 있다. 어디까지가 "나"이고 어디까지가 "빵"인가. "빵이 먹고 싶다"는 강렬한 욕망은 "나를 팽창"시키는 데 그치지 않고 "나"라는 존재를 압도해 버린다. "나"는 "나"의 팽창이자, "내 안"의 풍경 속에서 "[빵이] 부풀어 오르는 겉면"을 본다. 그리하여 팽창 안으로 들어가는 일은 "빵으로" 들어가는 일이자, "내 안으로" 들어가는 일로 중첩된다.

"나"는 "빵"이 되었을까? 아니면 "빵"이 "내"가 된 걸까? 닭과 달걀의 연쇄처럼, 고차원의 인식 안에서 존재를 규정하는 테두리는 배배 꼬이고 만다. 그것은 단일한 닭일 수 없고, 단일한 달걀일 수 없으며, 무한한 '닭과 달걀'이라고 말하는 도리밖에 없다. 그러므로 '나'라는 존재는 점차 '나'라기보다 '우리'에 가까워진다.

우리는 얼음을 만들려고 얼음을 불렀는데

네모였다가 동그라미였다가 모양이 변하는데도 너라는 게 신기해 매일 아침 부은 얼굴 볼 때마다 얼음을 떠올리는 거

(중략)

언제든 얼음이 될 수 있었다
무엇이든 얼릴 수 있었다

얼음을 만들려고 얼음을 불렀는데
우리 아닌 것들이 수축되고 있었다

— 「지붕 버리기」 부분

오른쪽으로 고개를 돌리다가 담이 생겼다

뒤를 볼 때마다 담장이 높아졌다
등에 담이 있다는 건 어떤 기분이야?
담이 생기고 자꾸만 뒤를 돌아보게 돼
그리고 알게 되지
담이 낯설지 않다는 것과 담은 그저 담일 뿐이라는 걸
(중략)
우린 담장을 짊어진 채 서로 파수꾼이 되어야 한다

처음에 너는 담장에 닿았지
나의 끝을 건드렸지
우리는 서로의 담장을 껴안으며 무서운 질문이 되어 간다

— 「파수꾼」 부분

우리는 "얼음"이 될 수 있고, "무엇이든 얼릴 수 있"다.

또 우리가 고개를 돌리면 "담이 생기"고, "담"은 점차 우리의 일부가 된다. 우리는 존재가 되고 존재를 파생시킨다. 파생한 존재는 나와의 경계가 희미해지며 마침내 분별할 수 없는 우리가 된다. 조금 단순하지만, 우리는 서로를 끌어안는 데서부터 시작한다. "네모였다가 동그라미였다가 모양이 변하는데도 너"라고 느끼는 만큼의 너를 끌어안은 채 서로의 끝(경계), 서로의 담장을 짊어진 파수꾼이 된다. 나의 테두리가 아니라 너의 테두리를 지킬 때, 비로소 너는 내 안으로 들어와 우리가 된다. 그러니까, 마침내 도달한 우리라는 인식 안에는 이런 우주와도 같은 과정이 무수하게, 정말 무수하게 중첩되어 있는 것이다. 이런 무한한 풍경을 상상하면 이 세상은 아름답기도 하고, 또 끔찍하기도 한 것이다.

석고 형상 속 웅크린 어깨선을 발견하며 시작된 모험은, 항해는, 꿈결은 세계에까지 도착했다. 아니, 어쩌면 그것은 시집 밖 초희에서 이미 시작되었을지도 모른다. 어느 날 느닷없이 알게 된 내가 아닌 초희. 지금 이 시집을 읽은 당신에게는 또 다른 시작이 있었을지도 모른다. 당신이 믿고 있던 존재가 문득 흔들리는 순간이 다가왔을지도. 나와 당신이 읽은, 아마도 미묘하게 어긋나 있을 이 시집은 바로 그 낙차로 인해 무수하게 중첩된 하나의 세계가 될 수도 있다. 그 세계 속에서 어쩌면 나와 당신은 우리가 될 수노 있다. 나에게는 그런 욕망이 있다.

그리고 또 한 가지 욕망이 있다면, 이 글이 이 시들과 평행한 페이지로 쌓인 채 같은 풍경 속으로 들어가는 것이다. 김석영의 시들이 "무늬 없는 공백의 도형들"(「플레이콘」)로 점점이 쌓은 세계의 모양은 어떠한가. 한 마리 낙타가 유유히 거닐다가 빠져나간 세계의 풍경은. 시인이 도착한 세계와 가장 근접한 풍경이라고 믿고 있는 이 시집의 마지막 시를 전재하며 글을 마무리하고 싶다. 우리가 서로를 읽으며 시작되는 시를. 결국 우리에게로 향하며 끝나는 시를.

우리는 생략될 때 서로를 읽는다

붙어 있는 페이지와 페이지를 떨어뜨리자
다시 똑같아지는 밤
다시 또 달라지는 밤

그것은 자주 지워졌다
입을 벌리면, 목젖 너머 파묻혀 있던 그것이
고개를 내밀어 공중을 떠다녔다

그것에 대해 우리는 머리를 맞대고 골몰했다
왜 생각했지
왜 생각지도 못한 기억들만 기록했지

감춰진 페이지에서 발견한, 푸른 향이 나는 곰팡이

우리 중에 그것은 존재했다 두 사람일 때

하나는 외로워서 나머지를 껴안았다

자주 사용하느라 고독해진 쉼표들과 이미 넘쳐서 고요한
말줄임표들

우리 가운데 잘못 읽어 온 삶처럼 거대해지는 숨이 끼어
들고

도로에 싱크홀 같은 밤이 파여 있다

더 환한 밤이 우리에게

—「더 환한 밤이 우리에게」 전문